Muse Library

ミューズ選書

池田琴線女

Ikeda Kinsenjo

句集

絹の韻き

Kinuno-hibiki

文學の森

絹の韻き

目次

装丁　巖谷純介

絹の韻き

きぬのひびき

二〇一一年

年明くる電波時計の無愛想

初詣午前三時の靴の音

初日の出波の自在は赦されて

遅れ来る人にやさしき初句会

白鳥を見て居る地方紙を抱へ
あやとりの川掬ひ合ふ仲直り

山茶花の華麗といふを散り敷きて
高値つく終大師の古ランプ

ざわめきの一団過ぎぬ枯木立

冬霞太古は海でありし村

森暮れて童話のやうに雪が降る

朝なさな氷柱太らす湖の風

対岸に原子炉の灯や梟鳴く
梟鳴く世界遺産の山を背に

見えざるも冬の星座をなぞり見る

薔薇色に透けて春待つ試験管

A面もB面もなく寒明くる

雨雫春の気配の一つづつ

朝まだき薄氷は星抱きしまま
建国日火を噴く山のニュース見て

城も橋も浮き立つ構へ春めく日

どの橋を渡るも城へ梅三分

白梅の蕾の芯にある思案

みづうみを一枚とよび斑雪

白梅や日暮のやうに泣くやうに

帆柱の乱立春星揺らしけり

決断を促す一輪落椿

もう居ない灯台守や紅椿

亀鳴いてとうに忘れし化学式
仮の世に戦さは絶えず黄砂降る

白鳥の明日は去ぬらし高鳴きす

野火走るずつと遠くに観覧車

黙禱に東風荒る余震つづく町

地震の地を去りゆく人も白鳥も

白鳥去ぬ一羽は天女かも知れず

見えてゐる限り見送る鳥引くを

春愁を曳きずつてゆく旅鞄
佐保姫の躓きさうな昨日今日

春まつり昭和生まれの力瘤

風船を売りをり風と遊び居り

そこだけに神代が宿る夜の桜
神代にも恋はありけり花に酔ひ

陽炎に大和言葉の語尾消さる
さくら散る空の何処かがざわめいて

絵馬堂の柱は太し春蚊出づ

低すぎる駅のベンチや花疲れ

ロゼワイン添へて子猫の貰はるる
地唄舞静かに春の燭揺らす

地網引く暮春の海を曳くやうに
黄砂降る地球息苦しきほどに

思ひ出は昭和の校舎桜は実

神学部へ白い石段花は葉に

気乗りせぬ音に薄暑の大時計

夏炉焚く地酒と辞書と歳時記と

裁判所へつばめ返しの風は夏

薔薇抱く学校医として勤めあげ

雨蛙色を零さぬやうに鳴く

郭公や蒼茫三百六十度の視野

緑蔭に座し天空の高さ知る

踏み入りて真昼の蟻を驚かす

五月闇来て黒猫の声濡るる

五月闇ゆく独りぼっちかも知れず

風吹けば影まで吹かれ羽抜鶏

はやばやと天神祭の杭を打つ

薔薇園の風の余りをカフェテラス

灯台の点滅夏霧深うせり

緋縅を纏ひ金魚にある不安

遠泳の地球を蹴つて蹴つてゆく

合歓咲いてけむりのやうに昭和消ゆ

眠りたくて花合歓の息貫ひけり

校庭の樹々の数だけ蟬鳴けり

片虹を湖へ残して人逝けり

信心の山を仰げば沙羅散りぬ

掌中に湿るハンカチ喪服着て

口笛はもう鳴らぬかも走馬灯
音のなき家に夕蟬鳴くばかり

大夕焼明日といふ日に合掌す

裏山に夜蟬鳴きつぎ明日忌日

月村忌の秋の空なり真青なり

忌を修す秋の日傘の集まりて

峡見ゆる高さに集ひ盆供養

河内野に深まる絆盆供養

ひとつまみの秋が来てゐるパンの耳

おかつぱの子に逢へさうな秋夕焼

バリバリと開くアルバム敗戦忌

関西俳誌連盟吟行　花博跡

秋の蝶いのちの塔の影に老い

世界の花見てにつぽんの秋暑し

蟲の音のこんなにも痩せ被災の地

被災地の闇に躓く流れ星
星飛んで詩歌生まるる飛鳥みち

台風接近コロッケ二つ買ひ戻る

じやんけんのチョキで切りたし秋の雲

水のごと暮れて秋の夜といへる
梨を剝くたつた一人の音零し

猫と居て耳聡くなる十三夜

住吉大社

太鼓橋のてっぺんに来て秋摑む

秋陰を負ひたる亀に木洩れ日が

絵馬堂の不思議を覗く秋の蝶

絵馬堂の船秋風に帆を張れり

御文庫に射す享保の障子影

金風の吹けど楽なき神楽殿
人声のして昼深き留守の宮

秋津飛ぶ路面電車の停留場

有馬吟行

傘を打つ雨おと秋を逝かす音

無防備に山眠らせる今朝の雨

散紅葉俎板ほどの橋渡り

山茶花に曖昧といふ日差し溜め
誰も弾かぬロビーのピアノ秋逝かす

ロシア民謡唄ひ昭和は枯の色

二〇一二年

めでたさの声張る神鶏初明り

マシュマロのやうな三山初霞

初句会喜寿も傘寿も健やかに

群れ離る一羽はこころ病みし鴨

問ひ詰めるほどの事なし切干煮て

人遠し冬の月食見て居れば

大空へ消えゆくつもり冬雲雀

復興へ確かな兆し星冴ゆる

十文字に縛る医学書寒きびし
しんしんと雪の声聞く夜半の窓

雪女近づく気配灯さねば
すれ違ふ闇の深さや雪女

缶珈琲買ふ白鳥に逢ひに来て
笹鳴きや匙に崩るるプリンの黄

折鶴の胸張って待つ寒明けを

海すでに春の明るさ神戸線

梅一輪星を逃げきしきらめきに

空白のノートを疎む春の風邪

月斗忌へ坂の湿りを一歩づつ
水よりもなほゆるやかに春のきて

いま舞ひし春雪はまぼろしかとも
咲き初めは思春期のいろ黄水仙

残る鴨たつた一羽へさざ波す

大雪崩鬼棲む山を驚かす

鶴帰る勝者のごとく翼張り

月曜の電車春愁らしきもの

墓前まで靴先濡らす春の霜

吹かるたび軽くなりたる春ショール

月斗忌の弁当京の春詰まる

ひと握りほどの春乗せ人力車

春泥を跳んで力のなほ余る

水底の力を揺らし水草生ふ

ブティックの鏡それぞれ巴里の春

詩仙堂へは寄らずじまひや春時雨

花の旅　道明寺天満宮

準急で行くことに決めた花の旅
これほどの軽き風被る花衣

花曇り演歌を流す商店街

空からのメール落花を総身に

春愁や修羅は太古の風乗せて

花の鐘眠れる古墳覚ますまじ

英文碑蟻一匹の迷ひ出て

鉛筆の芯の折れにも春惜しむ

童謡の鴉と帰る春の暮

万緑の山の寡黙を繋ぐ橋

駅名のひらがな五月の風渡る

芍薬の大輪凛と書道展

定位置に星座置く空夏めいて
号叫のムンク落札夏の夢

ででむしの日蝕の天探る角

紫陽花へ今年の言葉かけてやる

手鏡の指紋に早やも梅雨兆す

伎芸天のうしろ密かに笹散れり

靴さげて吊橋渡る遠郭公

泰山木崩れむとして雲動く

深山に咲き泰山木は白すぎる

大瀧へ鉄鎖の錆びし坂つづく

十薬に神父の黒衣触れてゆく
どくだみの十字確かに女学院

更衣しても母校は遠きかな

蝸牛急げここらは活断層

ペン立てのペンは帆柱夏灯

観音堂洩れくる明り苔清水

睡蓮にこの清新の風浄土

清水の舞台広すぎ蝸牛

清酒樽積まれ鉾立順調に

清十郎居さうな老舗夏のれん

風鈴売清音ばかり曳き歩く
沙羅散れり辺りの風を清めつつ

清盛の嘆きの海に大花火
夏果ての天神橋筋空が無い

確かに秋午前六時の空のいろ
今朝秋の卓にレタスとマヨネーズ

揺れてゐるだけで爽やかイヤリング

ポケットティッシュ貰ひ秋暑を持ち歩く

声立てて笑はぬ母や桐一葉

爪弾きの指先熱し雁の夜

酔芙蓉暮れて移り気隠し得ず
美しき表面張力露の玉

無造作に結ぶ風呂敷秋彼岸

延命橋渡りて秋思捨てきれず

秋の蚊に攻められ寺の椅子堅し

萩叢の吐き出してゐる風の息

声潤む萩のトンネル抜けてより

秋蝶の乱舞一眼レフが追ふ

零れ萩踏んで足裏にある不安

紅よりも白萩のもう暮れてをり

人の訃を聞く日や萩も散り尽くし

無音てふ音に暮れたり秋しぐれ

朝霧の俄かやスプーン曇らせて

撫子の群れ咲いてゐてつつましき

どんぐりと雲を手に載せ汀女の忌

毒茸かも知れぬ一つを蹴つてみる

毒茸の美しすぎて蹴られけり

咲ききらぬままの菊着せ菊師去ぬ

句会発足帯に決意の秋扇

句碑のある寺へ野菊の坂ゆるき

秋光を千に畳みて棚田聳つ

芒野のひとうねりして夕日呑む

大王の永久の眠りへ冬の蝶

今城塚古墳　継体大王陵墓

ここだけは六世紀の風冬うらら

マフラーの端が太古の風摑む

現し世の冬日は重し埴輪馬

平成の綿虫を追ふ埴輪の目

踏んで行く落葉に王の声を聞く

鴨三羽太古は淋しと相寄りて

二〇一三年

初凪の波を追ひ越す白帆かな

吹き晴れて秀句の揃ふ初句会

初弾きの褒められてゐる晴着の子

双六の膝下に東京スカイツリー

とんど焚く灰の白さもめでたかり

手のひらのすこし酔ひたる女正月

女正月膝を離れぬ猫と居て

香煙の身八つ口まで初大師

胴長の馬が跳ねたり初芝居

風花や駅にもう無い伝言板

境内に足場が組まれ追儺寺

来し方は少し水色春の雪

浅春の豆腐屋に売る京野菜
チョコ買つて秘密めきたる二月かな

戦禍ふと焼野の中に佇めば

みづうみの隅まで均し涅槃西風

農協のバイクが走る雪解村

流氷にロシアの海の青透けて

ローマ字のネオンを流す雪解川

強かな鴉を宥む春の雨

月斗忌

宇陀の春に遇へぬこの橋渡らねば

山並のやさしき中の墓碑ぬくし

月斗忌や人も草木もあたたかし

洛北・金福寺

菜の花や通過の駅の文字読めず

再びの余寒の風に身を浄め
月斗忌の空の青さを尊しと

墓前へと立ち止まっては初音きく

初蝶の師の化身とも杉の奥

六十周年を迎う

いま越ゆる六十年の春の坂

この流れ永久に絶やさず淀の春

曾根崎お初天神

曾根崎に英字案内図燕来る

まぼろしの太棹の音に春行けり

ゆく春の天神さまに恋神籤
てふてふの舞ふはお初の化身とも

井戸蓋の隙間が挟む春落葉

恋猫も迷ひさうなる北新地

カフェオレに春の愁ひや街に倦み
しゃぼん玉静かに吹けば哀しかり

みづうみを抱く地に生き余花白し

原子炉に不安がすこし余花の里

旅に買ふ夜間飛行といふ香水

襟もとにパリの風吹く更衣

白牡丹正座に倦みて崩れけり

一握の砂欲しくなる虹の果

遠ざかるもの青春と夏帽子
沙羅散れりこの寂けさに耐へきれず

尺蠖の懺悔と禱り繰り返し
沙羅散華影が光となる旦暮

悼邑上キヨノ先生

さよならのひと言淡し合歓の花

梅雨茫茫泣きだしさうな夕汽笛

遠郭公埴輪の耳が捉へたる
雨脚がみづうみ叩く男梅雨

明易し壁のムンクが声洩らす
一天を全開にして梅雨明くる

夏霧に対岸の景盗まるる

避暑の地の木蔭にB級グルメかな

初蟬の三小節ほど鳴きしのみ

パスポートの写真の若し巴里祭

巴里祭の街を詩人になりきつて
着飾つてゐて熱帯魚にある孤独

退屈な尾鰭を振つて熱帯魚

関西俳誌連盟夏季吟行　宝塚

夏霧の山を間近に高架駅

春日野八千代居さうな駅の夏帽子

異国めくただ噴水があるだけで

大橋の白きが舞台大揚羽

観覧車ありし辺りの蟬時雨

晩夏光象もきりんも居ない園

燕尾服の像掠め飛ぶ夏つばめ

買はれゆく風鈴風を悦ばず

美しき距離と思ひぬ大文字

流燈のやつぱり後ろ向きたがる

花野ゆく遺品のカメラ持ち重り

秋落暉孤独の影を長うせり

手鏡の奥まで濡れて霧の駅

明日はもう鳴かぬつもりの秋の蟬

台風情報見てゐる駅の堅き椅子

台風接近クリームシチュー白濁す

コスモスに観覧車の影定まらず

十月の青を溜めたる大琵琶湖
秘めごとの一つは捨てむ秋の湖

田を守りし疲れの音に落し水

千枚田に千の音生れ落し水

山神の置土産かも秋の霜

お夜食のピザが届きぬ研究室

漱石も鷗外も居て夜長かな

銀杏の落つ音一つづつの寂

あとがき

人の世には「縁」ということがあると最近つくづく思います。私が俳句を始めるようになったことも一つのご縁であったように思います。子供の頃から「国語」が嫌いであった私が義父や子供の俳句の影響で一寸覗いた心算のこの道、もう半世紀に近くなりました。

もう一つの趣味である箏曲は好きで今も続けて居り、俳句はその片隅の趣味として細々と続けていたのが先代主宰の交通事故による災禍で思いもかけず主宰という重責を負うことになり無我夢中で歩みました。

句集を編むことは決心が要ることでしたが、今は亡き猪野様にお励みを頂き刊行の運びとなり感謝するばかりです。厚く御礼申し上げます。

平成二十八年七月

池田琴線女

著者略歴

池田琴線女（いけだ・きんせんじょ）

昭和８年　香川県生
昭和47年　「うぐいす」入会
昭和49年　「同人」入会
平成14年　「うぐいす」主宰
俳人協会会員

現住所　〒664-0872　兵庫県伊丹市車塚1-32-7-20205

ミューズ選書

句集　絹《きぬ》の韻《ひび》き

発　行　平成二十八年九月二十八日
著　者　池田琴線女
発行者　大山基利
発行所　株式会社　文學の森
〒一六九-〇〇七五
東京都新宿区高田馬場二-一-二　田島ビル八階
tel 03-5292-9188　fax 03-5292-9199
e-mail mori@bungak.com
ホームページ　http://www.bungak.com
印刷・製本　潮　貞男

ISBN978-4-86438-374-5　C0092